KB074448

끄적이는 인생

*끄*적이는 인생

시·그림 | 윤하원
펴낸이 | 원성삼
본문 디자인 | 박선영
표지 디자인 | 한미나
펴낸곳 | 예영커뮤니케이션
초판 1쇄 발행 | 2020년 3월 16일
등록일 | 1992년 3월 1일 제2-1349호
주소 | 04018 서울시 마포구 동교로 55 2층 (망원동, 남양빌딩)
전화 | (02) 766-8931
팩스 | (02) 766-8934
이메일 | jeyoung@chol.com
ISBN 979-11-89887-18-6 (03810)

값 11,000원

이 도서의 국립중앙도서관 출판예정도서목록(CIP)은 서지정보유통지원시스템 홈페이지
(http://seoji.nl.go.kr)와 국가자료공동목록시스템(http://www.nl.go.kr/kolisnet)
에서 이용하실 수 있습니다.(CIP제어번호: CIP2020009658)

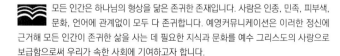
모든 인간은 하나님의 형상을 닮은 존귀한 존재입니다. 사람은 인종, 민족, 피부색, 문화, 언어에 관계없이 모두 다 존귀합니다. 예영커뮤니케이션은 이러한 정신에 근거해 모든 인간이 존귀한 삶을 사는 데 필요한 지식과 문화를 예수 그리스도의 사랑으로 보급함으로써 우리가 속한 사회에 기여하고자 합니다.

끄적이는 인생

윤하원 시집

예영

추천의 글

저기 봄이 오고 있다
그늘이 고여있는 대지를 지나
삭풍이 부는 언덕을 넘어
세상을 발칵 뒤집어 놓을 봄이
빛과 향기를 쏟아 놓으러 온다

하늘의 뜻이 땅에서도
이루어진 말씀같이
죽음의 무덤을 깨고 일어선
부활을 증명하듯
초록 물결은 성령처럼 임할 것이다

신종 바이러스 비상사태로
나라 안팎이 두려움에 묶여
기쁜 소식이 간절하던 때
하원이의 시집 출간 소식은
일순간 분홍색 진달래 동산으로
나를 이끌었다

하원이가 아주 꼬맹이였을 때
지방회 모임에서 처음 만났다
부모님을 따라온 아이는
어른들 틈에서 위축되거나
보통 아이들처럼 떠들거나
어떤 방해가 되는 행동 하나 없이
오히려 사뿐사뿐 옮겨 다니며
어른들의 어깨를 토닥토닥 조물조물
고사리손 천사의 모습이
얼마나 이쁘던지
나는 그날 아이의 손을 잡고

머리를 쓰다듬으며
"너는 참 귀한 아이구나
너의 머리 위에 특별한 축복이 보인다."
했던 말을 지금도 또렷이 기억한다

그때부터 남모르게
하원이의 성장하는 모습을 지켜보며
예감이 틀리지 않았다는 확신은
비밀리에 받은 선물처럼
설레는 기대감으로 가슴이 뛴다

이제 어엿한 소녀로 자라
사색하며 묵상하며
시를 쓰는 사람이 되어
인생을 읽어 내다니
장차 저 아이가
어느 깊이까지 자랄지
어느 넓이까지 피어날지
물주고 키우시는
온전하신 주의 손이 함께 하기를
비는 마음 간절하다

다른 아이들이
아스팔트 위를 뛰어다닐 때
나무와 풀과 흙을 친구삼아
오솔길을 거닐던 아이
다양성이 거부당한 사각 틀을 벗어나
음악을 들으며 독서를 즐기며
당당하게 평범을 대범하게
극복해낸 아이

끄적이는 인생

하원이를 향한
크고 비밀한 하늘의 뜻이
사뭇 더 궁금해졌다

지금도 가끔 만나면
어릴 적 각인된 사랑스러운 모습이 좋아
이름보다는 아가라 부른다
주변 사람들은 다 큰 사람을
왜 아가라 부르냐고 하지만
나만 아는 강력한 영적 추억이
하원이와 나 사이에 있었음을
이 지면을 통해 처음 말하면서
첫사랑을 간직한 사람처럼
그때의 장면을 떠올리면
나도 모르게 입꼬리가 올라간다

하원아
세상이 너를 몰라줘도 상관없다
네가 세상을 알면 된다
알고 가는 길은
아무리 멀어도
즐겁고 행복하게 갈 수 있다.

주안에서 중심 잡힌 정신으로 살면
사람들이 말하는
큰 것이 진정 큰 것이 아니고
작은 것이 진정 작은 것이 아니라는 것쯤
쉽게 알게 되고
인생의 평면 위에 놓인
먼저 그 나라와 그 의와

이 땅에 속한 것의 구분이
선명하고 자연스러워진다
너는 이미 보고 있을지도 모르겠다

나는 천여 편이 넘는
시를 써 놓고도
출간할 엄두를 내지 못하는데
너는 벌써 십 대에
시집 발표라니
그 용기 부럽고 대단하고 대견하다

종종 보내온 너의 시를 읽으며
마음의 시력이 남다르다 생각했다
어떤 이야기로
한 권의 시집이 탄생할까
궁금하고 기다려진다

어린 심정이 묵묵하게 토해낸
외로움과 아픔과 기쁨은
어떤 색일까
봄과 함께 찾아온 너의 시집은
큰 선물이고 나지막한 외침이겠다

두 번째 시집도 기대하며
축복하고 축하한다
고맙다 사랑한다
시를 쓰고 시를 사랑하는
내 꼬맹이 친구야
시집 나오는 날
우리 맛있는 밥먹으러 가자.

〈 시인_ 혜안 김민수 〉

열매를 보면 그 나무를 알듯 시를 보면 그 사람을 알 수 있다. 시가 곧 그 사람이기 때문이다. 종종 하원이가 쓴 시를 대하면서 하원이를 본다. 하원이가 보인다. 물론 하원이가 보여주는 만큼이지만!

하원이의 시는 곡선이 아닌 직선이다. 어른들처럼 노련함으로 꾸민 예쁜 포장이나 포장 뒤에 숨어 있는 모호함이 없다. 언제나 시 속에 간결함과 단순함이 정갈함과 명징함으로 나타난다. 그래서 더 큰 울림이 있다. 아직 십대 소녀 시인다운 맑음이, 세상을 보듬는 온화함이 시심에 자리 잡고 있는 까닭이다.

무엇보다 하원이는 시인에게 가장 필요한 것인 평범한 일상에서 시상을 끄집어내는 능력이 있다. 이것은 노력보다 타고나야 하는 것인데 하원이가 가진 메리트다. 많은 시인들의 부러움을 살 것임에 틀림없다.

그동안 한 편 두 편 차곡차곡 모은 시로 잘 꿰어 아름다운 시집을 출간하게 된 것을 진심으로 축하한다. 이에 머무르지 않고 더 천착하여 큰 꿈을 이루길 소망한다. 발끝을 곧추 세우고 창문 너머 보이는 세상을 바라보는 지금의 순수함이 창문 밖으로 나갔을 때에도 때 묻지 않기를, 무한한 시상의 날개를 달고 인식과 높은 사유의 세계를 향해 더 비상하기를 축복한다.

〈 시인_ 삼천포평화교회 목사 김주철 〉

'주의 은혜로 하원 양의 시집이 나오게 된 것에 감사를 드립니다. 힘든 시기를 주의 위로로 지나게 하시고 믿음을 세우게 하셔서 그 위로의 증거를 하나하나 모아 주 앞에 드리오니 받아주시고 믿음을 더하게 하소서. 이제 세상에 나가서도 주를 온전히 의지하여 믿음의 선한 싸움을 끝까지 포기하지 않게 하소서.'

다시 한 번 시집 탈고를 허락하심에 감사드리며, 이제까지 기도하고 고민하며 시집을 준비한 하원 양에게도 그 노고를 위로하고자 합니다. 끝으로 이 시집이 어려운 시대를 지나는 이에게 하나님의 위로가 되고 함께 공감하여 주의 마음을 더 깊이 알고 믿음을 세우는데 유익할 뿐만 아니라, 주께서 우리를 얼마나 사랑하는지를 알게 할 것입니다.

〈 의사 모철호 〉

별은 천상의 마음
꽃은 지상의 마음
우릴 그 사이에 두신 그분의 마음
〈좋은날풍경〉

　사랑과 시와 오솔길을 걷는 지상의 순례자. 천상의 심미안을 가진 소녀 윤하원
양을 만났을 때 대번에 내뱉어진 말이 있었다. 생애 한 번 뿐인 소녀시절의 시집
을 내어 달라고! 그리고 생각했다. 훗날 인생을 지긋이 산 하얀머리 소녀가 풋풋
하기 그지없었던 시절에 낸 한 권의 시집을 침묻혀 넘길 때, 눈동자에 수놓이는
아련한 풍경. 어떤 추억이 영혼을 아름답게 채색할까. 그런 생각이 솔솔 살아나는
한통의 전화를 받고 마치 내가 내는 시집같이 흥겨웠다. 소년의 꿈은 밖에 있고
노년의 꿈은 안에 있다 했던가. 지금 이 소녀의 꿈은 안에 있지 않은가. 시를 쓰다니.
별과 꽃 그 사이에서 그분의 마음을 마음껏 쓰리라. 신의 마음을 떼어서 만든 게
인간의 마음이라던 어느 시인의 노래가 생각난다. 이 세상 가장 아름다운 예술은
추억이라고. 인생은 영혼의 추억이리라. 꽃피는 별에 사는 우리는 사랑이리라.
들숨과 날숨 그 사이 화양연화라. 소녀와 함께 노래하곱다. 소녀의 곱다운 시가
천상의 날개를 달고 우리 사는 세상을 아름다운 수도원으로 가꾸게 해달라고
어느새 두 손 모으는 나를 알아차리게 된다.

"꽃이 피어 꽃길인가요
당신이 걸어 꽃길이지요"

〈 가수_ 좋은날풍경 박보영 〉

윤하원 시집

추천의 글

한 송이 꽃망울이 따사로운 햇살과 함께 아름다운 꽃잎들로 피어나듯, 하나님의 생명이 너무나 사랑스러운 하원이의 손길과 함께 아름다운 시들로 피어났습니다. 이처럼 세상이 하원이의 글을 통해 계속적으로 아름답게 피어나기를 기대하며, 계속적으로 아름다운 사람 하나님의 사람으로 성숙해가기를 축복합니다.

〈 한마음감리교회 목사 서춘길 〉

지금 지구촌은 온통 코로나바이러스로 난리입니다. 그래서 서로 몸을 낮추며 자신의 안전을 위하여 두려움과 약간의 공포의 시간을 보내고 있는데, 다른 한편으로는 바이러스를 이겨낸 기생충의 놀라운 소식(아카데미 4관왕 석권)이 공존하는게 세상입니다. 이처럼 두려움과 공포 그리고 놀라움이 공존하는 세상을 살아내는 것은 어떤 의미일까요?

저는 하원이가 네 살이 될 무렵에 그 아이의 눈망울을 보았고, 성인이 되어가는 지금까지도 변함이 없는 것을 보고 속으로 무척 놀란 적이 있습니다. 그런 아이가 이즈음에 자신의 시집을 만들었습니다. 여전히 그때의 눈망울을 가진 채로 말입니다. 자신의 시를 글로 표현하고, 자신의 생각으로 소설도 만들기도 하구요! 참 재미있는 친구로 성장했습니다. 그런데 말입니다. 이 친구의 글을 읽다보면 바로 이 장면이 떠오르게 됩니다. 마태복음 8장에서 예수님과 제자들이 풍랑이 이는 갈릴리를 배로 건너다 주무시는 주님을 깨워 풍랑이 잠잠케 되는 장면 말입니다.

세상살이의 모든 답을 아시는 예수님의 평온하심과 두려움과 공포에 휩싸인 제자들의 모습은 서로 대비되어 오늘날 우리의 모습과 크게 다르지 않습니다. 똑같은 현실을 바라보지만 서로 다른 창(window)을 가진 것을 주님은 '믿음의 문제'라고 말씀하셨습니다. '믿음의 창'을 가지는 것! 그것은 결코 쉽게 주어지는 것은 아니며, 안과 밖을 끊임없이 관찰하고 자신의 안쪽을 들여다보며 주님과 함께하는 사람들의 몫이라 믿습니다. 그런 의미에서 자신의 생각(안쪽)을 자주 글로 표현하는 것은 대단히 중요한 작업입니다.

이러한 중요한 작업을 이 아이가 시작(詩作)하고 있는 것을 지켜보는 것은 대단한 기쁨입니다. 왜냐하면, 글은 누구나 볼 수 있고, 누구든지 이 아이가 만든 글

을 통해 두려움과 공포 그리고 놀라움이 공존하는 세상살이에서 새로운 창을 볼
수 있을 것이라 믿기 때문입니다. 또한 이것이 하원이의 소중한 경험이자 자산이
될 것이기 때문입니다.

〈 요셉의교회 목사 이종윤 〉

우리 하원이는 순수합니다. 꾸밈이 없습니다. 정직합니다. 밝습니다. 쾌활합니다.
마음이 따뜻합니다. 언제나 긍정적입니다. 세밀합니다. 감수성이 풍부하고 뛰어
납니다. 언행이 신중합니다. 사물과 상황을 허투루 지나치지 않고 귀하게 여기며
살핍니다. 세상에 대한 책임감이 있습니다. 하나님과 세상을 모두 뜨겁게 사랑합
니다. 언제나 늘 "하하하" 크게 웃습니다. 하원이의 글은 하원이 본인을 그린
자화상입니다. 그래서 기꺼이 추천합니다!

〈 온누리침례교회 목사 정백수 〉

윤하원 시집

자연(自然: Nature)

까치

가족들의 안전한 보금자리를 위해
어렵사리 지은 요새 같은 집도
가족들의 단란한 보금자리를 위해
정성스레 만든 쉼터 같은 집도
주인 없이
임자 없이
바람맞고 있는데
왜 님은 돌아오지 않으시나
철따라 돌아온 제비에게
통보 없이 빼앗길까
날마다 마실 다니는 까마귀에게
무식하게 빼앗길까
심중에 촛농이 떨어지는데
왜 님은 그리움도 느끼지 못하시나
당신네 집의 도란도란한 모습을 다시 보고 싶지만
내 눈에는 지나간 추억만 아른거리네
님아 님아 추억놀이 그만하게
님아 님아 기별 없이 떠난 여행 멈추어주오.

누렁이

장마도 아닌 여름날에
며칠 간 비가
추적추적 내리운다.

우리 집 뒷동산에
어제부터 누렁이의 울음이
구슬프게 내리운다.

자그마한 몸에서 나오는 울림이
내 마음속의 천둥을
꿈틀대는 짧은 다리의 의지가
내 마음속의 번개를
일깨운다.

무엇이 그리 급해서
걸음마 떼기도 전에 집을 나왔냐
무엇이 그리 하고파서
하늘도 안 보고 마실을 나왔냐

철없는 누렁이,

먹이라도 쉽게 찾도록
쉴 곳이라도 쉽게 찾도록
하늘의 눈물이 잠시 멈춰주었으면.

이름 모를 새

뒷동산 작은 숲에서 들리우는 맑은 소리.

시원한 마루바닥에 누워
더위를 식히고 있던 나를
다정히 달래주는 청아한 곡조.

천장을 가만히 바라보다 잠든 나를
부지런히 깨우는 명랑한 음색.

깨우지 마소
깨우지 마소

아둥바둥 거리다가도
차분히 집중하게 되는 귀성진 가락.

뻐꾸기도 아니고
꾀꼬리도 아니고
까치도 아닌
이름 모를 새의 흥겨운 장단.

이름하야
나를 일으키는 노래의 향연.

첫눈엔딩

비를 내려줄까
눈을 내려줄까
고민하던 하늘이
이윽고 새하얀 눈을 내려준다.

조금만 내려줄까
많이 내려줄까
고민하던 하늘이
웬일로 조금 많이 내려준다.

눈앞에 펼쳐지는 동화 같은 풍경.
세상의 모든 것들은 희게희게
나의 마음은 행복으로 붉게붉게 물들어간다.

하늘이 터트리던 새하얀 폭죽은 점점 사그라들고
가려져 있던 햇님이 무대의 주인공으로 등장한다.

아쉬움을 남기고 가서
더 보고 싶을 눈아, 안녕.
새벽을 밝히는 해보다
더 눈부셨던 눈아, 안녕.

이제는 우리가 헤어져야 할 시간,
다음에 또 만나자.

봄

초록 잎이 햇빛을 보고 싶어 반짝
초록 잎이 바람을 맞고 싶어 살짝
초록 잎이 떨어지는 빗방울에
기분 좋아 덩실덩실

어느 샌가 봄은 우리 곁에 와있다
어느 샌가 봄은 우리 마음속에 피었다.

019

비 내리는 中

톡톡톡 튀기던
빗방울이
우수수 힘차게
내리고 있다.

내리는 비는
텁텁한 공기로
힘들어했던
자연과 나에게
위로의 말을
건네준다.

내리던 비는
여러모로 상처받고 깨어진
사람들을 대신해서
더 크게 울음을
터트려준다.

차츰차츰

치유의 시간은
끝나가고

차츰차츰

자연과 나의 얼굴에는
해꽃이 피어나며

제자리로 돌아간다.

마음으로 보는 무지개

빨간색은
뜨거운 여름철 햇빛에
피부가 따가워지는 느낌의 색

주황색은
따뜻한 가을철 햇빛에 데워진 피부가
시원한 바람을 만나는 느낌의 색

노란색은
숲속에서 지저귀는 새들의 노랫소리마냥
통통 튀는 느낌의 색

연두색은
비 온 뒤에 더 진하게 풍겨나는
풀내음 같은 느낌의 색

초록색은
바람이 나무들을 흔들며 지나갈 때 들을 수 있는
시원한 나뭇잎소리 같은 느낌의 색

파란색은
해변의 파도소리와
소금기 가득한 향기가 섞인 느낌의 색

남색은
선선한 밤에 때마침 좋아하는 노래와
작은 풀벌레들의 옹알이가 함께 들리는 느낌의 색

보라색은
꽃 세 송이와 커피 한 잔의 향기가 잘 어우러진 곳에서
맛보고 있는 마카롱 한 입의 달콤한 느낌의 색

무지개는
이 모든 색들이 모여서 만들어진 걸작품

마치 당신처럼.

★ ★

감정(感情: Emotion)

025

통(痛)

또 아파온다
또또 저려온다
육체에 남아있는 조그만 감정들마저
사라지게 하는 무한한 고통이 또 다가온다
나는 너무나도 잘 알지만 너는 꿈에도 모를 아픔
나와 혼연일체가 되지 않는 한 절대 모를 고통
즈믄 해가 흘러도 너는 모르고 나만 알겠지
허나 숨이 끊어질 듯한 아픔도 돌이켜보면 잠깐이지
지나고 보면 이로운 것을 그땐 왜 몰랐을까.

027

끄적이는 인생

친구야

친구야, 날 향해 늘 웃어주는 친구야
지치지도 않는 너의 웃음이 난 너무나도 좋다
끝도 없는 너의 해맑음이 난 너무나도 좋다
너는 어쩜 그리 할 말이 많은지
햇님이 반짝일 때 보고
달님이 눈부실 때 또 보아도
언제나 떨어지는 별님처럼
이야기보따리 한가득 들고 부리나케 달려오네
그런 너의 모습이
반갑기도 하고, 웃기기도 하고, 귀찮기도 하지만
암튼 네가 난 너무나도 좋다
살짝 열린 문틈 사이를 비집고 들어와
같이 걸으러 나가자는 너의 한마디에
어느샌가 내 손에는 연필 대신 신발이 들려있네.

춘곤증

남들은 초롱초롱 깨어있는데
나는 꾸벅꾸벅 졸고 있네

누군가 물으면
춘곤증 때문이라 답해야지

철 지난 봄이라 하면은
나는 봄이 좋아 아직도 봄에 살고 있다 답해야지

나만 겪는 것 같아 창피할 때도 있지만
너라는 핑계거리라도 있어 참 다행이다

춘곤증, 춘곤증, 나에게만 가혹한 춘곤증
춘곤증, 춘곤증, 나만 맛볼 수 있는 꿀 같은 병.

윤하원 시집

만남

이별이란

또 다른 나를 만날 수 있는 통로이다

내 안에 웅크리고 있던
내가 알지 못했던

나를 만날 수 있는 기회이다

허나 언제나
달갑지 않은 기회라

웃음보다는 울음이 먼저
재빨리 뛰쳐나온다

허나 이제는
점점 무뎌져간다

오늘도 나는
나를 만나러 간다

오늘도 나는
나를 응원한다

부디 웃으면서 인사할 수 있기를...

숫자 17

나에겐
너무나도 커보였던 숫자 17.

17에 발을 디디면
할 일이 많아질까봐
책임질 일이 많아질까봐
설레이면서도
조금은 무서웠던 숫자 17.

그러던 어느 추운 겨울 날
17은 내가 되었다.
그저 하루가 지났을 뿐인데
나는 17이 되었다.

그리고 나는
차츰차츰 알게 되었다.

사실 17은
나를 있는 그대로
반겨주는 숫자라는 것을.
내가 서서히 물들 수 있도록
가만히 기다려주는 숫자라는 것을.

미지의 세계에 대한
두려움이라는 거울 때문에
왜곡되어 보였던 것뿐이라는 것을.

035

조금 더 일찍
17의 의미를 알았더라면 좋았겠지만
이제라도 알았으니 다행이다.

점점 더 삭막해질 현실 속에서
점점 더 빛이 날 나의 이야기.

이제부터 시작이다

끄적이는 인생

네 덕에

묵묵히 곁을 지켜주며
살며시 손을 잡아주는
네 덕에
나는
수려한 말솜씨로 건네는 위로보다
더 큰 위로를 얻는다.

네 덕에
나는
뜻대로 안 되는 일이 있어도
짜증나는 일이 있어도
언제나 웃을 수가 있다.

네 덕에
나는
오늘 밤도 행복하게 잠들 수가 있다.

그러니 너도
내 덕에
진정한 행복을 누릴 수 있기를.

서로가 서로에게 행복이 되기를.

그런 날

한 번씩 그런 날이 있다.

많은 사람들과 어울려 있지만
나 혼자인 것 같은 날.

아무도 내 탓이라고 안 하지만
모든 게 내 잘못 같은 날.

날 대하는 사람들의 태도가
왠지 모르게 차갑게 느껴지는 날.

038

그렇게 느끼는 내가 미워서
또 다시 나를 탓하게 되는 날.

그래 그런 날.
그저 그런 날.

드물게 그런 날이 있다.

구름처럼

구름처럼 살아가자.

내가 어디에 있어야 하는지를 알아
뜨거운 햇빛에 지친 사람들에게
먼저 다가가
자그마한 쉼터가 되어주는 구름처럼.

내가 무엇을 해야 하는지를 알아
햇빛을 가려도 남아있는 열기를
시원한 물줄기로
가라앉혀주는 구름처럼.

그러다
흔적 없이 사라질지라도
어떤 망설임이나 후회함도 없는

그런 구름처럼 살아가자.

나에게 쓰는 편지

상처받지 말아라.
휘둘리지 말아라.
눈치보지 말아라.
평안잃지 말아라.

그렇다고 교만은
더더욱 안 된다.

어깨펴고 당당히 살아라.
네가 겁먹는 순간
지는 것이고
네가 조급해지는 순간
무너지는 것이니.

기억해라.

너는 네가 생각하는 것보다
훨씬 더 강한 사람이다.

알아둬라.

지금 네가 마주한 일쯤이야
네게 아무것도 아니다.

명심해라.

너는 너로부터 사랑받아 마땅한 존재라는 것을.
너는 너의 따스한 포옹을 받아 마땅한 존재라는 것을.

그러니 너는,
너를 꼭,
안아주어라.

여전히

헤어짐은 여전히 쓰라리지만
견뎌내야 하고
공부는 여전히 끝이 없지만
끝까지 달려가야 한다.

042

나는 이별이 싫다

나는 이별이 싫다.

나는 이별 뒤 찾아오는
그 사람의 빈자리가 너무나도 싫다.

나는 이별 뒤 느껴지는
그 사람과의 거리감이 너무나도 싫다.

함께 할 순간을
만들어가는 것이 아니라

함께 했던 순간을
추억해야 하는 것이

너무나도 가혹하기에

그 사람이 미처 챙기지 못한
그 사람의 향기가

너무나도 지독해서
내 마음을 찌르기에

나는 이별이 싫다.

헤어짐에 능숙한 사람

헤어짐에 능숙한 사람은 없다.
다만 익숙해진 사람만 있을 뿐이다.

똑같이 아픔을 느끼고
슬픔을,
빈자리를 느끼지만

그런 감정들이
무뎌지고, 무뎌져서

뒤늦게 느끼는 사람만 있을 뿐이다.

044

굳은살이 떨어지면
가장
여린 살이 드러나지만

뒷북친다 소리 들을까

남몰래

그 위에
가장 아린
소금기 가득한 물을 떨어뜨리는

그런 사람만 있을 뿐이다.

'너', '우리'

'너'라는 존재 안에 '우리'를 담을 수 있어서 행복했어.

046

그럴까

사랑하는 것들이
사라지는 게 싫어서
그전에 내가 먼저
사라지면 좋겠다는
생각을 하는 것은
너무 이기적이고
너무 무책임한 것일까.

047

?

소중한 것이 생긴다는 건 참 무서운 일이다.
소중한 것이 생기면
안 해도 됐을 걱정도 해야 하고
몰라도 됐을 슬픔도 느껴야 하고
더 많은 것을 할 수 있는 힘과
더 많은 이를 사랑할 수 있는 애정이
오로지 소중한 것에게 집중되어 버린다.
심지어
목숨을 바칠 용기까지도 낼 수 있게 되어 버린다.
하지만
이렇게 불합리하다는 것을 알고 있음에도 불구하고
나는
왜 계속 소중한 것을 만들어버릴까.

나는
도무지 알 수가 없다.

048

그대야, 고마워

나의 일상을 빛내준 그대야
나의 일상을 꾸며줘서 고마워.

내 옆에 있어줘서
나와 함께해줘서
고마워.

내게 웃음이 되어줘서
나의 하루가 되어줘서
고마워.

그대야,

진심으로

고마워.

때때로, 아주 때때로

때로는 나도
내 나이답고 싶을 때가 있다.

그저 즐거운
그저 행복한

나이고 싶을 때가.

성숙한 것도 좋고
의젓한 것도 좋지만

때로는 나도
내 나이답고 싶을 때가 있다.

내 나이에 맞지 않는
생각이나
감정들은
저 멀리로 던져버리고

어리광을 좀 부려도 괜찮은
철이 좀 없어 보여도 괜찮은

나이고 싶을 때가.

한 번씩,
아주 한 번씩

그렇게 살아가보고 싶을 때가 있다.

시험기간

시험기간이 값진 이유는
시험이 끝나면 휴식이 있기 때문에.

052

어리석고 어리석은

아름답게 피어난 꽃을 바로 눈앞에 두고도
이 꽃이 언제 져버릴까 걱정만 하는 일이
이 세상에서 두 번째로 어리석은 일이 아닐까.

053

산행

신발이 무겁다.
발이 무겁다.
몸이 무겁다.
신발이 무겁다.

신발은 무겁다.
마음은 가볍다.
발도 가볍다.
신발은 무겁다.

054

행복이란

행복이란게 별 거 있나
가족과 함께 따뜻한 곳에
별 탈 없이 누울 수 있는 게
행복이지

끄적이는 인생

성장통

시간이 흐르면서 깨달은 건
행복이 커지면 슬픔도 그만큼 커진다는 것.

숫자가 커지면서 알게 된 건
이 대조적인 감정들은
참 어울리지도 않게 공존한다는 것.

십대의 마지막

스물보다는 하나가 작은
열보다는 여럿이 더 많은 수
열아홉.

시작을 알리는 소리가 들림과 동시에
끝을 알리는 소리가 들려오고
끝을 알리는 신호가 옴과 동시에
시작을 알리는 신호가 오는 시기
열아홉.

마지막인 것도 많고
처음인 것도 참 많은 나이
열아홉.

때론 큰 부담감이 어깨를 짓누르고
때론 큰 두려움이 주위를 서성거리는
열아홉.

나는
마지막이라고 생각하지 않으련다
영원하다고 생각하련다
내 마음은
이 시절을 영원히 기억할테니까.

이제 곧
새로운 세계로 떠나야하지만
내 마음상자 속에는 언제나 남아있을

십대의 마지막,

열아홉.

★ ★ ★

사회(社會: Society)

공기

세상에 돌아다니는 맛 좋은 공기

나 한 입
너 한 입

맛 좋은 공기를 사이좋게 나누어 먹자

먹어도 먹어도
배부름이 느껴지지 않지만

조금 더 조금 더
조금만 더 먹어보면 느껴지겠지

나 한 입
너 한 입

맛 좋은 공기를 한번만 더 나누어 먹자

너는 공기 한 입
나는 공기밥 한 입.

떠나고 남은 건

저 별이 지네
이 별이 지네

적적한 내 마음 달래주던 별들이 지고 있네.

저 별이 가네
이 별이 가네

공허한 내 마음 채워주던 별들이 가고 있네.

밤하늘 등불처럼 비춰주던 수많은 별들이 지고 있네.
밤하늘 그림처럼 수놓았던 수많은 별들이 가고 있네.

낮보다 밤이 더 좋았던 이유는
오로지 너였는데
노을이 펄럭이는 모습을 지켜보았던 이유도
오로지 너였는데

네가 져버리면 어떡하나
네가 가버리면 어떡하나!

슬픔에 잠겨 고개 숙여 땅거미만 바라보다
발등에 펄럭이는 그림자에 고개를 들어보니
아! 달이 있었구나, 있었구나,
있어주었구나!

애국가(可)

바보야, 바보야 앞을 좀 보아라

네 정성 다려 심은 무궁화

백두산 호랑이가 뺏어간다

좌판에 널려있는 무궁화

옮겨 심을 때부터 알아보았지

사서 고생하는 네 인생 참 알다가도 모르겠다

바보야, 바보야 걸음 좀 멈춰라

좌판대 또 가서 무엇을 사느냐

집마당 또 가서 무엇을 심느냐

밑천도 안 남은 네 인생 정녕 어쩌려고 그러나

이제는 네 앞에 두 갈래만 남겠네

죽느냐 사느냐.

066

안경

안경이란 도구는 참 신기하다.
쓰기만 하면
모든 것을 다 깨끗하게 보여주니 말이다.

이왕이면 세상까지 깨끗하게 보여주면 좋겠지만
아마도 모든 것에 세상은 포함이 되지 못하나보다.

언제쯤 세상까지도 깨끗하게 볼 수 있을까.

오늘도 나는
잘 닦여진 안경을 쓴다.

언제나 그랬듯
세상이 깨끗하게 보이는 날이 오늘이기를 바라며
안경을 쓴다.

별 많은 동네

나는
별이 아주아주 많이 있는 곳을 안다.

별들은 각각 다 다르지만
절대로 서로를
비교하거나
시샘하거나
질투하지 않는다.

하지만
별들이 사는 곳의 날씨는
하루에도 열두 번 변하곤 한다.

그래서
그들을 보기란
굉장히 어려운 일이다.

게다가 요즘에는 늘상
걱정 많은 구름 속에
꽁꽁 싸매어져 있단다.

그래도 나는 안다.

지금 당장
별들이 보이지 않는다고
별이 없는 게 아니라는 것을.

그리고 나는 안다.

머지않아
가장 밝은 별부터
차례대로 보일 것이라는 것을.

끄적이는 인생

야경의 모순

줄줄이 이어지는
가열된 자동차들과
녹을 듯한 열기로 가득 찬
높은 빌딩들은

가까이서 보면
피곤한 불빛들이지만
멀리서 보면
아름다운 야경이 된다

야경을 만드는 사람들은 힘들지만
야경을 보는 사람들은 행복해한다

.

.

.

반딧불이는 어떻게
모두가 행복한 야경을 만들었을까?

이름 석 자

이름대로만 살자.

어떻게 살아가야 할지 몰라
방황하고 있다면

내게 주어진
이름 석 자 그대로만 살자.

그렇게만이라도
제대로 살아보자.

072

힘들고
지치고
내 편 하나 없다 느껴질 때에도

내 이름 지어주신 이들을 생각하고
그 이름 속에 담긴 의미를 생각하며

또다시 힘을 얻고

이름 속의 의미대로
살아가기를 힘써보자.

그렇게만 살아도
그 인생은 성공한 것이다.

내가 살아가야 하는
삶의 방향이

나에 대한
애정과 소망이

이름 석 자에
모두 녹아있기 때문에

그렇게만 살아도
잘 살고 있는 것이다.

그러니

더도 말고
덜도 말고
딱,

이름대로만 살자.

당신에게도

당신에게
멍 때릴 수 있는 시간이 있었으면 좋겠다.

언제나
당신 자신보다도
남을 더 생각하고 배려하는
당신에게
당신만을 생각할 수 있는 시간이 있었으면 좋겠다.

세상이 바쁘게 돌아가도 괜찮다.

어차피 세상은
항상 바쁘게 돌아가는 시계니까

당신 정도는
잠시 쉬어가도 괜찮다.

당신 정도는
잠시 흘러가는 물결에
몸을 맡겨도 괜찮다.

그러니 잠깐,
아주 잠깐만이라도

당신에게
오로지 당신만을 위한 시간이 있었으면 좋겠다.

말 잘하는 사람

우리는 말을 잘한다.

다투거나 짜증낼 때
감정이 뒤엉켜 나오지만

그래도 우리는 말을 잘한다.

우리는 말을 잘 못해야 한다.

화나거나 짜증나고 열 받을수록

자신의 감정만을 표현하는 말은
자신의 생각만을 옹호하는 말은

잘 못해야 한다.

우리는 말을 잘 해야 한다.

감정이 격앙될수록

타인의 감정까지도 생각하는 말을
타인의 생각까지도 존중하는 말을

잘 해야 한다.

그렇게 할 때
우리는,

세상에서 가장 말 잘하는 사람이 된다.

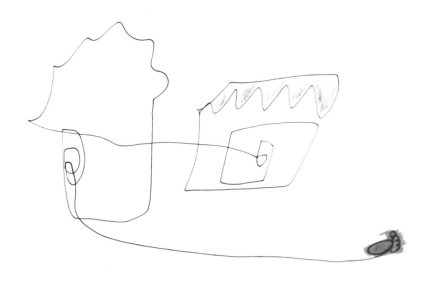

끄적이는 인생

잊지 말자

목욕탕 갔다오는 길에
종종 집에 사와
옹기종기 둘러앉아 먹던
그 김밥을 잊지 말자.

매서운 바람이 부는 겨울밤에
매일 한 방에 누워
도란도란 얘기하며 잠이 들던
그 온기를 잊지 말자.

그 모든 날들의
기뻐했던
슬퍼했던
행복했던
모든 순간들을 잊지 말자.

사랑하는 가족들과 함께 만든
별주머니 같은 추억들

그게 뭐든지 잃어버리지 말자.

잊어버리지 말자.

척

무서운 건
세상에서 가장 무서운 건
척이다.

착한 척
잘난 척
정상인 척

위태로운 건
세상에서 가장 위태로운 건
척이다.

괜찮은 척
행복한 척
아무렇지 않은 척

참으로 무섭고
참으로 위태로운 것이지만

많은 사람들은 이미
척척 숨기고
척척 살아가는 데
익숙해져버렸다.

사람들은 과연
이것 없이 살아갈 수 있을까.

세상은 과연
그런 사람들을 가만히 둬줄까.

좀. 단순하게

점점 더 바빠지는
점점 더 복잡해지는
점점 더 어지러워지는
세상에서

단순하게
점점 단순하게
점점 더 단순하게.

그러고 싶어도
자꾸만

복잡하게
점점 복잡하게
점점 더 복잡하게.

아무리 원해도
그럴 수 없는 게

이 세상의 크나큰 허점.

삶의 대청소

물건을 정리하다가
잃어버린 물건을
찾을 때가 있는 것처럼

인생을 살아가다가
무언가를 잃어버린 듯한
기분이 들 때에도

잠시 멈춰서
삶의 대청소를
해보는 게 어떨까

버릴 것은 버리고
찾을 것은 찾고.

★ ★ ★ ★

믿음(信: Faith)

085

너에게로 가는 길

가도 가도 끝이 없는 이 길.

길의 도중에 무엇이 나올지
알지도 못하고
새로운 길이라는 두려움도 가득하지만
왠지 모를 기대감과 설레임에
나는 이 길을 가련다.

달을 건널지
태양을 건널지
우주를 건널지
일획도 모르겠지만
이미 시작한 걸음 끝까지 걸으련다.

한없이 이어지는 신비한 길이지만
내게는 언제나 행복한
너에게로 가는 길.

회개

화창한 날에 흐린 마음을 가지고 사네
덧없이 좋은 날에 어두운 마음을 가지고 사네

너는 썰물처럼 내게 쓸려오는구나
모든 것을 뒤엎을만한 거대한 파도를 몰고 나를 덮치는구나
너에게 쓸려 버둥대는 나의 모습이 내가 보아도 초라한데
나의 님이 이런 내 모습을 보면 얼마나 슬퍼할꼬
언제부턴가 내게 자리 잡은 너를
나는 떨쳐낼 수가 없네
그저 모래 위에 위태롭게 서서
밀물이 밀려오기만을 기다릴 뿐
이러고만 있으면 안 된다는 것을 알면서도
험난한 길이 두려워
발걸음을 떼지 못하였던 날들이 수백 날이지만

오늘은 발걸음을 뗀다
오늘에서야 밀물을 맞으러가는 첫걸음을 뗀다

눈앞에 보이는 두려움은 있던 자리에 내려놓고
평안히 앉아있을 수 있는 바위도 찾아가면서.

나란 존재

나라는 사람 도통 알 수가 없다.

불에 데여 뜨거움을 맛보고
물에 빠져 허우적거렸음에도
또다시 물불가리지 않고 뛰어드려 한다.

내 뜻대로 하다가 큰 코 작은 코 다 다치고
넘어진 것도 한 두 번이 아닌데도
또다시 내 뜻대로 살아가려 한다.

얼마나 더 다치고 아파야 정신을 차릴지 도통 모르겠다.
그래도 오리무중 연한 떡잎하나라도
살며시 보이니 다행이지.

나라는 사람 도통 알 수가 없다.

알 수 있는 게 아무것도 없어서
할 수 있는 게 아무것도 없어서

떡잎 하나 열심히 키워보련다.
그러다 보면 알게 되겠지,

나란 존재를.

네 짝, 내 짝

은은한 달빛아래 모두들 사랑의 언약을 맹세한다.
그윽한 별빛아래 모두들 애정의 표현을 나눠본다.

그런 무리 속에
나는 홀로 다른 세상에 있다.

신발 한 짝 잃어버린 아이처럼
비 오는 날 우산을 챙겨오지 못한 아이처럼
무엇을 해야 할지 모른 채 그저 빛나는 하늘만 바라본다.

어두운 하늘과 밝은 별들의 조화 속에
나는 홀로 잠을 청한다.

남들이 손깍지를 낄 때 나는 내 손목을 슬며시 잡아보고
남들이 서로 먹여줄 때 나는 나에게 쌈을 먹여준다.

이렇게 벌써 몇 번의 여름이 지났는지 모르겠다.
이제는 색다른 여름이 오겠지.

높은 밤하늘, 별이 조명이 된 이곳에
부드러운 바람을 타고
이름 모를 그대가 내게로 왔으니.

090

붉은 달

높은 오르막길과 여러 골목을 지나다보니 하늘에는 붉은 달이 떠있더라
황량한 거리를 건너 초록잔디로 가다보니 하늘에는 붉은 달이 떠있더라

보름을 지나 조금은 흐트러진 모양새였고
초승달이 되려 열심히 노력하는 것 같아 보이더라

평범하지 않은 달
생각지도 못한 달

평범했던 날을 순식간에 특별했던 날로 만들어준 붉은 달
흐린 구름이 덮은 하늘을 순식간에 운치 있게 만들어준 붉은 달

때로는 이치에 맞지 않는 것이
강렬한 여운을 준다는 사실을 일깨워준 달, 달, 붉은 달

나도 그렇게 살리라 결심한 오늘 밤
내 몸 속에 있는 붉은 달이 한층 붉어져 빛나네.

끄적이는 인생

내려놓음

저는 내려놓겠습니다.

이루고 싶은 일이 별처럼 많지만
달이 지구에게 이끌리듯
자연스레
님이 원하시는 일을 하렵니다.

피하고 싶은 일이 벌떼처럼 많지만
나비가 꽃에게 이끌리듯
불평 없이
님이 원하신다면 하렵니다.

저는
내려놓겠습니다.

다림질

옷장을 열어보니
구겨진 옷들이 한가득
제멋에 취해
이리저리 나뒹구는 게
여간 우스운 일이 아니다.

옷장에 넣을 때는
반듯이 개서 놓았는데
누가 와서 이리저리 헤집고 놀았는지
여간 신기한 꼴이 아니다.

얼마나 방치했으면!
얼마나 외면했으면!
엄마한테 들키지 않은 게
천만다행이다.

이렇게 구겨질대로 구겨진 옷들은
꼭 뜨거운 맛을 보여줘야만
백기를 든다.
꼭 혹독한 맛을 보여줘야만
머리를 숙인다.

오늘 밤에는
세상 편하게 잘 수 있을 것 같다.
예상치 못한 엄마의 점검이라도
단단히 대비를 해두었으니 말이다.

그대여, 함박눈처럼

내가 아무리 뛰어나도
무슨 소용인가

그대가 없으면.

내가 아무리 아름다워도
무슨 소용인가

그대가 없으면.

096

그대여

바람처럼
사라지지 말고
함박눈처럼
내려와주오.

수북히
수북히

그대가 남긴 발자국을 따라
걸어갈 수 있도록.

그대여

함박눈처럼
내게 내려와주오.

소원

그대를 향한 나의 마음이
변하지 않았으면 좋겠네.

봄이 와서 활짝 핀 꽃들처럼
그대를 향해 활짝 핀 나의 순애보가
꺾이지 않았으면 좋겠네.

초라한 들꽃 같다고 놀리어도
이런들 어떠하리
저런들 어떠하리.

그대를 위해 당당히
이름 없는 들꽃이 되는 것이
나의 소원인데.

천년의 시간이 지난다 해도
그대를 향한 나의 사랑이
변하지 않았으면 좋겠네.

그대만을 사랑하며 살고
그대만을 사랑하며 죽어도 좋겠네.

풀은 마르고 꽃은 시드나
우리의 사랑은 영원하리.

099

새벽기도 中

닫힌 창문을 뚫고
들어오는 녀석이 있다.

그건 바로 햇살이다.

내게는 최고의 격려이자
최고의 도전이며

모든 이에게
가장 빛나는 희망이다.

그 녀석은

투명한 창문만 있다면
어디든지
불쑥불쑥 나타난다.

그 순간에는

이 세상에서
가장 가까이 하기 힘든 것이
내게 가장 가까이
다가온다.

시간이 지날수록
나만을 비춰주던 햇살은
모든 이들을 비춰주러
내 곁을 점점 떠나가지만

그 조그마한 선홍빛 온기만은
여전히 내 마음속에
구석구석 자리 잡아

내면 깊은 곳의
차가운 기운을 몰아낸다.

영적전쟁

온 세상을
삼킬 듯한 구름이
몰려온다.

온 세상이
새까만 구름으로
뒤덮였다.

실낱같은 빛줄기조차 보이지 않는
진정한 黑暗

제 아무리 강한 구름인들
한여름에 내리쬐는 햇빛보다 강하랴.

제 아무리 어둔 구름인들
새벽을 밝히는 여명을 이길 수 있으랴.

마침내

어둠을 좋아하는 까마귀도
울며불며 달아나고

도망치며 내는 그 소리는
승전을 알려주는 나팔소리처럼
들리운다.

깨알 같은 구름조차 찾을 수 없는
진정한 光明

그 누가 막을 수 있으랴.

아침묵상 中

자전거는
넘어질 것 같은 쪽으로
핸들을 꺾어야만
넘어지지 않는다.

반대쪽으로 꺾을수록
넘어지기 마련이다.

우리도 마찬가지이다.

104

주님의 명령을 거역하고
내 뜻대로 살아갈수록
넘어지기 마련이다.

겉으로 보기에는
내 생각이 안전해 보이지만
실상은 그렇지 않다.

내 뜻을 다 내려놓고
주님의 방법을 믿고 따를 때,

바로 그 때에
주님의 일하심이 시작된다.

105

관점

한 마리 양을 잃어버려서
찾으러 다니는 목자도

누군가에게는

자신의 목숨을 담보로
양을 찾고 있는
아름다운 사람으로

또 다른 누군가에게는

양을 찾는다는 핑계로
이리저리 돌아다니며
방황하는 사람으로

보일 것이다.

그렇다면 나는 어떠할까.

어떻게 바라보며
어떻게 보일까.

그렇다면 당신은 어떠할까.

어떻게 바라보며
어떻게 보일까.

그분에게는

나와
당신이
어떻게 보일까.

너 〉 모든 것

나는 비를 좋아한다.
나는 노는 것을 좋아한다.

하지만 나는 너를 제일 좋아한다.

나의 기분을 상쾌하게 만드는 비도
나의 기분을 유쾌하게 만드는 놀이도

너와는 가히 견줄 수도 없이

너를 가장 좋아한다.

너와 함께하는 시간을
너를 바라보는 시간을

나는 제일 좋아한다.

너는 내게

너 $<$ 모든 것도 아닌
너 $\geq$ 모든 것도 아닌
너 $>$ 모든 것이다.

소망

당신의 시간을 기다립니다.

어쩌면 아주 짧고
어쩌면 아주 길지도 모르는
당신의 때를

모든 것 다 내려놓고
내 마음 변치 않고
기다립니다.

당신의 세계도
무척이나 놀라웠었는데

그 속에 있는
당신의 시간은
또 얼마나 아름다울까요.

당신만을 바라보고
당신만을 의지하며

기다립니다, 난.
당신을.

길보아 산에서의 요나단

내 혼 바쳐 너를 도왔고
내 힘 다해 너를 위해 살아왔는데
이렇게 한순간에 모든 것이 사라지는구나.

내가 선택한 길이기에 후회 없고 원망 없지만
이리도 비참하게 끝날 줄은 몰랐기에
가슴이 조금은 저리는구나.

타오르는 숨결이 다녀갔던 대지도 점점 식어가고
그 속에 기대어 있던 내 심장도 점점 늦추어지지만
너를 떠올리는 내 눈가에는 한줄기 백합이 피네.

아! 오늘은 무슨 꿈을 꿀까..?

110

숨님

언제나 날 떠나지 않으시는
언제나 나와 제일 가까이에 계시는
언제나 푸른 은하수 같으신.

내게 참으로 감사한
내게 없어서는 안 될
내게 절대적으로 필요한.

111

★ ★ ★ ★ ★

사랑(愛: Love)

113

봄을 닮아 예쁜 너에게

풀잎 냄새 솔솔
향기로운 조화를 이루며 핀 벚꽃 냄새 솔솔

마치 너와 함께 있을 때 나는 향기처럼 달달하구나

예쁘게 핀 꽃잎들을 보니
네가 너무나도 보고 싶어진다

아니, 너와 같이 있다 해도
나는 네가 보고 싶을 거야

115

내게 있어 너는
하나뿐인 향기이니까.

봄을 닮아 예쁜 너에게   윤하원 시집

어버이의 마음

한없이 크고 깊은 어버이의 마음
언제나 먼저 다가오는 따뜻한 손길
그것이 참 좋다

봄 여름 가을 지나 차디찬 겨울이 와도 변함없는
인생을 살아가다 거대한 태풍이 와도 끄떡없는
그 온기가 참 좋다

그동안 이 온기를 멀리하고 어떻게 살았을까
아마도 많은 것을 놓치고 살았을 테야

116

그 시절 황량한 사막 같은 날들 속에
거센 모래바람 묵묵히 막아주시던 어버이가 있었기에
지금의 오아시스를 만날 수 있었으리

이제 하고픈 말은
오직 감사하다는 말뿐
아니,
감사하다는 말만으로는 다 표현할 수 없는 감정이야
이를 어찌하면 좋을까

한없이 크고 깊은 어버이의 마음
이제는 먼저 내밀 따뜻한 손길
그것이 참 좋기를.

연서(戀書)

내가 너를 사랑한다.
내가 너를 연모한다.
내가 너를 은애한다.
이토록 많은 말로 표현되는 사랑이란 말.
굳이 사랑이란 말을 쓰지 않아도 은연중에 드러나는 사랑이란 말.
어떻게 말하고 표현하느냐에 따라 의미가 달라지는 사랑이란 말.

이 말이 당신의 영롱한 눈동자에 가면
어떤 눈빛으로 나를 바라볼지
무척이나 궁금합니다.

이 말이 당신의 향기로운 입술에 가면
어떤 말로 내게 말을 걸지
무척이나 궁금합니다.

이 말이 당신의 고운 손에 가면
나비 같은 손짓에 모두 해바라기가 되지는 않을지
무척이나 걱정이 됩니다.

이런 내 마음 가득 주워 담고 당신께 영원히 바치렵니다.
당신보다는 못난 눈이고, 입이고, 손이지만
투박하고 서툰 표현에
이런 내 마음 가득 끌어 담고 당신께 영원히 행동하렵니다.
사랑스러운 당신께
사모하는 마음 담아 마지막 사랑을 바칩니다.

나의 다섯 번째 계절

네가 와서 내겐 오계절이 생겼다.

봄 여름 가을 겨울 그리고 너라는 계절이 생겼다.
남들에게는 없는 나만의 계절이 너로 인해 생겼다.
어쩔 때는 푸른 들판에 피어나는 바람처럼 싱그럽고
어쩔 때는 붉은 사막에 내리쬐는 햇빛처럼 야속하고
어쩔 때는 은빛 바다에 누워있는 별들처럼 아름다운
너라는 계절이 생겼다.
네가 와서 내겐 감정이 생겼다.
덥고 추운 것만 느끼던 내가
나만 보던 내가
꽃을 보고 풀잎 냄새를 맡고
낙엽을 밟고 눈을 굴리면서
내가 아닌 너를 생각하게 되었다.
그렇게 내 모든 계절에는 네가 날아다녔다.
그렇게 내 사계절은 오계절이 되었다.
너로 가득한 사계절로 모자라
너라는 계절을 만들어버렸다.

하여, 이젠 네가 준 감정으로
나의 다섯 번째 계절에 취해보련다.

걸음

새벽공기를 걷는다.
공기를 통해 퍼져가는 너를 느껴본다.
정오의 햇살을 걷는다.
햇살을 따라 비춰지는 너를 맞아본다.
저녁노을을 걷는다.
노을 속에 앉아있을 너를 기다린다.
불빛이 내려앉은 거리를 걸으며
너를 닮은 음악을 듣는다.
나의 발자국이 찍어지는 모든 곳은
너의 흔적으로 가득하다.
그래, 이런게 사랑이겠지.
네가 가면 머리보다 발이 먼저 너를 따라가는
이런게 사랑이겠지.
네가 준 사랑이란 물감으로
나는 너만을 어여쁘게 하련다.
오늘도 내딛는
이 걸음이란 붓과 함께.

끄적이는 인생

좋아하면, 사랑하면

좋아하면
내 시간을 다 주고 싶은 것.
그게 당연한 거다.

사랑하면
무슨 일이 있어도
절대 포기하고 싶지 않은 것.
그게 당연한 거다.

121

올 때 메로나

그런 때가 있었다

올 때 메로나 라는 용어가 유행하던
그런 때가 있었다

나는 동요되지 않았다

나를 구름 위로 올려줄 수 있을 만큼
매력적인 달콤함에

내게 세상을 다 주는 것 같이
인위적인 시원함에

나는 넘어가지 않았다

나는 필요가 없었다

그대가 온다는데
다른 무엇이 더 필요하겠는가

나는 그대면 충분하다

휘어잡을 듯이 달콤하진 않아도
티 없이 맑고 순수한 그대가

날아갈 듯이 시원하진 않아도
해사한 미소와 온정이 넘치는 그대가

그런 그대가
내겐 꿀이요, 냉수이니

123

나는 그대만 있어도 좋다

그러니 나는

올 때 그대만
올 때 당신만.

그대와 함께

꽃잎이 만개하면
그대와 함께
꽃동산을 거닐고 싶네

초록 잎이 무르익고

노랗고 빨간 잎이 떨어져서

앙상한 나뭇가지에
하얗고 붉은 꽃잎들이 생겨날 때

가녀린 숨결이 감춰둔
작은 생명들이 터져 나올 때

꽃잎처럼 피어난 그대와 함께

그대처럼 빛나는
꽃잎물결을 바라보고 싶네

내게 가장 아름다운 꽃인
그대와 함께
평생을 거닐고 싶네

그대와 함께
또바기*

* 또바기: 언제나, 한결같이, 꼭 그렇게

개구리의 꿈

언제까지고
난
그대와 함께 하고 싶어요.

언제까지고
난
그대 곁에 머무르고 싶어요.

사람들이 말하길
우물 안 개구리가 될 거냐고.

그래도
난
괜찮아요.

그대같이
넓고
깊고
맑은
우물은

그 어디에도 없다는 것을
난
이미 알고 있기 때문이죠.

사람들이 모르는 그 비밀을
난
여전히 알고 있기 때문이죠.

사람들이 뭐라고 말하든
난
그대 곁에 붙어있을래요.

언제까지나
난
그대와 함께 하겠어요.

언제까지나
난
그대 곁에 머무르겠어요.

세상에서 가장 멋진 당신에게

언제나 당신
고생이 많아요

언제나 당신
수고가 많아요

그동안 그대 앞에
얼마나 많은
어려움이
고독이
절망이
있었을까요

그대와 달리
아직 많은 것이 모자란 나는
가히 어림조차
할 수 없어요

활짝 핀 역경 속에서
바스라져가는 어린 새순들을
묵묵히 지켜보며
홀로 삭힌 눈물이
얼마나
많았을까요

그때마다 당신의 마음 밭은
아마 범람한 홍수를 맞이했을테지요

그대, 참
미안해요

그대, 참
고마워요

그리고 그대,
정말로 사랑해요

그대와 달리
아직 많은 것이 어수룩한 나는
이런 것을
쉬이 말할 수 있어요

그대
내겐 너무나도 멋진 그대
세상에서 가장 멋진 그대

나는 그대를,
바로 당신을
그냥 철없이 사랑해요.

내가 사랑하는 것

힘들어 보이지만 끝까지 견디는 것
연약해 보이지만 강한 것
겁이 많지만 충성스러운 것
섞여 있지만 정갈한 것
보이지 않지만 영원한 것.

130

반짝반짝

언제나
어여뻐
웃을 땐
더 예뻐

곱게 접힌
두 눈
살짝 패인
보조개

만개한 꽃마냥
열린 입술
그 속에
가지런한 치아

언제나
빛이나
뭘 해도
반짝여

그래서일까
그 어여쁜 얼굴 담고 있는
내 눈가
반짝거리네.

총평

우리가 함께한 시간의 총평은 이거야.

"시리도록 눈부셨다."

끄적이는 인생

'끄적인 일상'이
지금 당장 보기에는 볼품없어 보일지라도
'최선을 다해 끄적인 내용'이라면
그것은
'별과 같이 빛나는 것'입니다.
이처럼
'최선을 다해 살아가고 있는 오늘의 일상'은
언제나
'별과 같이 빛나는 인생'입니다.

감사의 글

'무슨 말을 어디서부터 어떻게 해야 할까', '어떻게 해야 이 시집을 읽으시는 분들의 감정과 생각에 누가되지 않을까', '더 이상 얘기할 공간도 없는데, 어떻게 해야 나의 진심을 다 표현할 수 있을까' 등등. 사실 저는 앞선 내용보다 지금 이 글을 써내려가는 작업이 더 긴장되고 떨립니다.

그러나 일상의 모든 고민이 다 그렇듯, 이 또한 과정은 복잡했지만 결론은 아주 단순했습니다. '전문가처럼 잘 쓰진 못하더라도 나의 마음을 주제에 맞게끔 정성껏 녹여보자'라고 말이죠. 그리고 '내가 전하고픈 나의 마음이 무엇일까'를 곰곰이 생각해보니, 그저 '감사함'밖에 떠오르지 않았습니다.

그도 그럴 것이 제가 생각하기에 이 책은 시작부터 마지막까지 모두 하나님의 은혜였습니다. 몇 년 동안 기도하며 바랬던 일이 현실로 이루어질 수 있었던 것도, 시집을 만드는 모든 과정이 순탄할 수 있었던 것도 섬세하신 하나님의 일하심이 없었다면 불가능한 일이었기에, 저는 감사하지 않을 수가 없었습니다. 또한 이 모든 계획을 믿어주시고 적극적으로 응원해주신 가족들과 상상 속에만 존재했던 것을 현실로 구현시켜 주신 박선영 디자이너님이 없었더라면, 그 역시도 불가능한 일이었으리라고 생각합니다. 이에 진심을 담아 감사의 말을 올립니다. 그리고 이 책의 포문을 멋지게 열어주신 일곱 분의 추천인들께도 정말로 감사드립니다. 또한 첫 페이지부터 시작된 긴 여정을 끝까지 함께 읽어주신 여러분 모두에게도 너무나 감사드립니다.

저는 어릴 적부터 일상에서 일어난 일에 대한 생각을 그리고 환경과 사람에 대한 느낌이나 감정을 종이에 끄적이며 정리하곤 했습니다. 그렇게 했던 것들이 모이고 모이더니 이렇게 '끄적이는 인생'이 되었습니다. '끄적인 일상'이 지금 당장 보기에는 볼품없어 보일지라도 '최선을 다해 끄적인 내용'이라면 그것은 '별과 같이 빛나는 것'입니다. 이처럼 '최선을 다해 살아가고 있는 오늘의 일상'은 언제나 '별과 같이 빛나는 인생'입니다. 그러니 저와 여러분의 '끄적임'은 결코 헛되지 않을 것입니다.

덕분에 일개 수험생인 제가 제 나이대의 아이들이 쉽게 누리기 힘든 귀한 추억 거리를 선물로 받게 되었습니다. 아직 많이 부족하지만, 제가 이 시들을 만들어 가면서 소망했던 대로 여러분에게 자그마한 위로라도, 용기라도, 힘이라도, 도전 이라도 되었으면 참 좋겠습니다. 또다시 어느 날, 또 다른 시집 혹은 책으로 여러 분을 만나게 되기를 소망하며, 그때까지 또 열심히 끄적이고 있겠습니다.

> 그대여, 고맙다.
> 나를 ○○살로 만들어 줘서.
> 그대여, 고맙다.
> 나와 짧게라도 함께해 줘서.

〈 2020년 2월 6일. 나의 열여덟 번째 생일에. 부산 남산동에서 〉